A.D. CATTANI

TENEBRIS DIEBUS

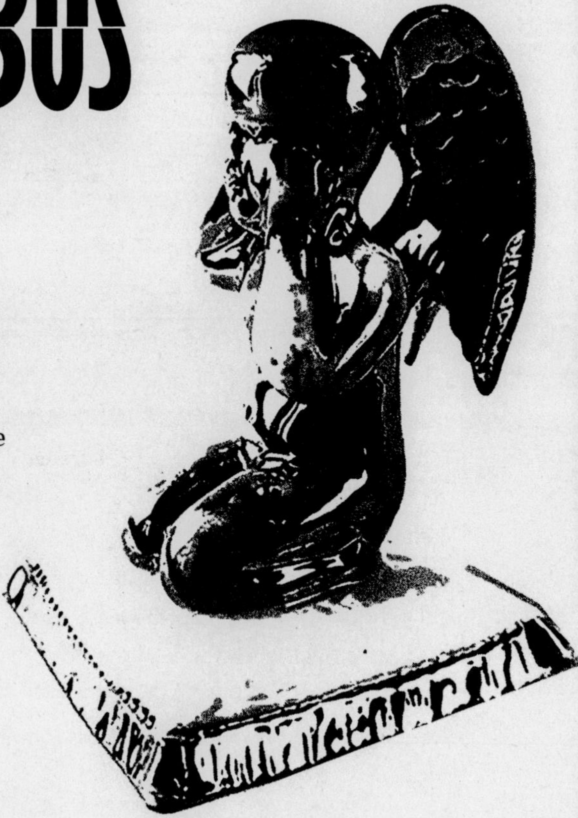

Porto Alegre

2024

editora ZOUK

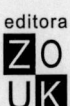

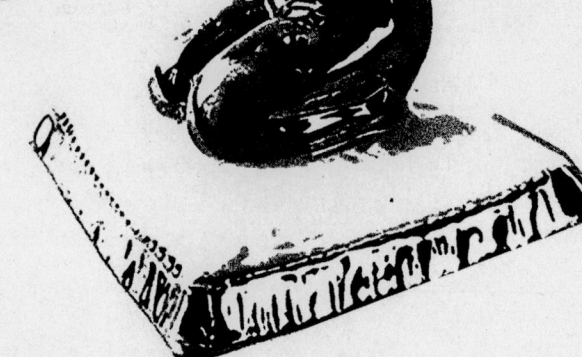

2024 © A.D. Cattani

Edição: Editora Zouk
Capa: Maria Williane
Revisão: Tatiana Tanaka
Press Revisão
Preparação de originais: Andrezza Postay

```
Dados Internacionais de Catalogação na Publicação (CIP)
        (Câmara Brasileira do Livro, SP, Brasil)

   Cattani, A. D.
      Tenebris diebus / A. D. Cattani. -- Porto Alegre,
   RS : Editora Zouk, 2024.

      ISBN 978-65-5778-145-6

      1. Ficção brasileira I. Título.

24-214125                                        CDD-B869.3
           Índices para catálogo sistemático:

   1. Ficção : Literatura brasileira    B869.3

   Eliane de Freitas Leite - Bibliotecária - CRB 8/8415
```

direitos desta edição reservados à
Editora Zouk
Av. Cristóvão Colombo, 1343 sl. 203
90560-004 – Floresta – Porto Alegre – RS – Brasil
f. 51. 3024.7554

www.editorazouk.com.br

TENEBRIS DIEBUS
Dias tenebrosos

Parte I – *Exspectans diebus* – Dias de espera
Quarteto + 1   7
Esperando Doc   17
Quinteto   34

Parte II – *Diebus spectans* – Dias de observação
Vésperas do acontecimento (relato externo)   39

Parte III – *Diebus irae* – Dias de ira
Dia 1   57
Dia 2   61
Dia 3   67
Dia 4   71
Dias 5, 6 e 7   76

Parte IV – *Sileo diebus* – Dias de reinício
Um mês depois   87
Macro – Micro   92

Parte I — *Exspectans diebus*
Dias de espera

Quarteto + 1

– *Tem que matar! Não tem outra solução. Tem que matar!*

– *Concordo, mas primeiro, não grita. Segundo, não dá para ir matando um por um, de vez em quando. Tem que ser um ataque seletivo e, sobretudo, organizado, e não vai ser nós quatro sentados ao redor de uma mesa de bar para começar a coisa. O Doc está articulando com o Comandante algo grande e em vários lugares ao mesmo tempo.*

– *O problema é que ele quase nunca aparece aqui e fica mandando aquele garoto apatetado para gravar no raio do celular tudo o que a gente diz. Daqui a pouco ele vai aparecer com aquela cara amarelada, parece que ele tem uma doença tropical, qual é o nome mesmo? Mariala?*

– *O nome certo é malária, mas ele é branco, então deve ser outra coisa. Por sinal, seria ótimo se todas aquelas criaturas que vêm lá de baixo tivessem alguma doença e desaparecessem de uma vez só. A culpa é desses cientistas que estão atrapalhando o aprimoramento genético feito pela natureza. Falando do encosto deixado pelo Doc, o magrela está chegando.*

À exceção de Rick, que estava em frente à porta da sala reservada no fundo do bar, os outros três não se deram ao trabalho de olhar para o recém-chegado, menos ainda cumprimentá-lo. Como de hábito, já com o celular na mão, Winston sentou-se no banco de madeira ao lado da janela, olhando impassível para os quatro. Para ele, aquelas ocasiões eram desagradáveis. Entendia menos da metade do que eles falavam e intuía que, muitas vezes, eles estavam debochando dele ou sendo sarcásticos. Iniciava e pausava o gravador quando um deles fazia sinal e, depois, encaminhava o conteúdo das falas autorizadas para o tio. Quando este, eventualmente, vinha para as reuniões, ele ficava do lado de fora da sala, sem escutar nada. Malditas drogas! Se ele não tivesse ficado devendo dinheiro para o traficante já teria dado o fora, ido para Nova York, viajado para o Canadá. Mas não, ele estava encrencado e, mesmo Doc tendo pago a dívida, Winston permanecia vigiado pela família inteira, em especial pela mãe, e a única garantia de permanecer com os ossos inteiros era fazer aquele trabalho imbecil de office boy para o tio Doc, Donald Duck, como ele o chamava em voz baixa. A dívida não era grande, Doutor Doc recebia muito mais num único dia de trabalho na sua clínica para riquinhos, porém, como ele mesmo dizia com as mesmas palavras e entonação do traficante, *"são os princípios, são os princípios..."*. E, agora, os "princípios" obrigavam Winston a ficar em um sábado à noite à disposição daqueles três ridículos e daquela falsa loira que nunca havia olhado para ele. Ela era autoritária e tinha proibido o uso de palavrões pelos outros integrantes do grupo. De todo modo, a comunicação era bem restrita, os quatro ficavam falando bobagens em código e bebendo, bebendo e falando. E ele? Dezesseis anos, vestindo sua roupa mais gasta e desbotada, usada sem a mãe ver, tênis vermelho rasgado, sábado à noite, no mesmo horário da *rave* na imensa garagem abandonada. Cinzi certamente estaria lá, Cinzi linda, Cinzi, Cinzi...

– *Ô, cabeça de vento. Grava o que vamos falar e passa logo para seu tio.*

– *Alô Doc, analisamos os relatos dos grupos, discutimos a questão por todos os ângulos, a conclusão é quase unânime. Precisamos começar logo, no máximo, antes de agosto, senão o pessoal vai explodir de maneira desordenada. Você tem que vir aqui e falar com a gente. Esperaremos você até a meia-noite.*

– Ô, cabeça oca. Vai logo, passa a mensagem, destrói o chip e joga logo o celular no rio. Aqui tem outro para gravar a resposta do Doc.

Winston acelerou o passo enfiando o novo telefone no bolso, pois se Doc aceitasse vir conversar com os quatro, talvez ele pudesse ser dispensado e ir à festa sem ninguém da família saber. Finalmente seu tio encerrara o contrato com o detetive que ficara na sua cola durante meses. Cinzi, Cinzi, Cinzi...

Rick se levantou para ver se o rapaz havia mesmo se afastado em direção ao rio e, com um sinal de mão, ordenou mais uma rodada. Depois de a garçonete servi-los, ficaram em silêncio remoendo pensamentos variados. A obsessão de Rick, e seu encargo principal, era a segurança. Fora o responsável por encontrar uma sala onde o grupo se reunia ao abrigo de qualquer olhar indiscreto e a poucos quilômetros da principal rota de saída de Charlotte, Carolina do Norte. Como dono de uma grande transportadora de cargas industriais, conhecia os postos de combustível da região onde seus caminhões eram abastecidos e os motoristas se alimentavam nas lanchonetes anexas. Depois de muito procurar, encontrou o lugar ideal. O imenso posto dava conta de um intenso fluxo de carros e caminhões. Os *diners* nas proximidades, por servir comida simples e boa, viviam lotados. Com aquela movimentação intensa, a presença de quatro ou cinco carros a mais passava despercebida. Quem via o posto e os restaurantes populares não se dava conta da existência de uma instalação praticamente camuflada atrás de uma das lojas de conveniência. Separado por uma alta sebe, havia um bar-restaurante sofisticadíssimo, frequentado pelos abastados da região, atraídos por uma exclusiva carta de vinhos franceses e por raros eventos culturais. Ninguém prestava atenção no grupo de quatro clientes regulares do sábado que ocupava a sala dos fundos, sob o pretexto de longas partidas de pôquer. O acerto com o proprietário foi tranquilo por duas razões: afinidade política e o cancelamento do processo correndo na Justiça por racismo e discriminação a clientes, coisa feita apenas com uma rápida conversa com o promotor da comarca pela equipe de advogados de Rick. Um leão de chácara afastava as pessoas dissonantes dos padrões sofisticados dos frequentadores dos sábados à noite. Por conta de Rick, a sala fora remodelada, cinco cadeiras confortáveis e uma mesa de jogo revestida em tecido Oxford verde substituíram o mobiliário anterior, elegante, porém, anacrônico. Apesar do disfarce convincente, sempre ao entrar na sala ele realizava uma varredura com um aparelho para detectar escutas clandestinas, acionava o mais potente bloqueador de sinais, baixava as cortinas e ligava uma caixa de som programada para tocar música de concerto. O grupo levou mais de mês para se habituar ao código que se integrou às conversas, baseado em termos comuns em partidas de pôquer.

Já a obsessão de George era de outra ordem: pressa. Ele tinha muita pressa para começar a fazer alguma coisa. Não suportava mais as longas conversas com os companheiros e a forma subalterna com que se comportavam frente ao Doc. Detestava o uso dos diminutivos, Rick, Rod, Alex, Doc. *Caipiras! Coisa de crianças!* Com quarenta anos, ele era milionário e continuaria ganhando milhões sem fazer força alguma. A questão não era aumentar a fortuna. Enquanto ele e outros ganhavam somas estratosféricas, as condições para uma ação de grande porte se avizinhavam. Ele não se importava de financiar o que estavam fazendo, pois, assim, deixaria de ser apenas mais um rico indiferenciado entre tantos outros. Pressa, ele tinha pressa e, além de tudo, detestava jogar ou fingir jogar pôquer.

Contrariamente à classificação empresarial de Construtor, Rod tinha o espírito de Destrutor, só pensando em promover uma quebradeira seletiva e saneadora. Expurgar alguns enclaves de habitações miseráveis na região valorizaria as áreas limítrofes já adquiridas. Porém, esperar um pouco mais lhe permitiria concluir as obras dos principais empreendimentos imobiliários ou, ao menos, concluir as negociações com as seguradoras. O atraso se devia às cláusulas especiais que ele insistia em acrescentar nas apólices das obras em andamento. As grandes companhias ficaram desconfiadas, suspeitando que houvesse algo sub-reptício e por isso recusaram qualquer negócio. Justamente, o quinteto estava colaborando de maneira ativa com algo especial e, caso ocorresse o que estavam planejando, por algum tempo haveria caos econômico e social. Parte dos compradores dos seus conjuntos comerciais, das suas casas e apartamentos teria problemas com os financiamentos e, consequentemente, as seguradoras arcariam com as indenizações das propriedades superavaliadas. Nesse momento, Rod estava às vésperas de fechar negócio com um consórcio de companhias sem muitos escrúpulos para negócios escusos, pois repassariam as hipotecas impagáveis, rebatizadas com uma bela sigla, para os incautos investidores de outros países. Ele precisava de algumas poucas semanas de tempo para finalizar o contrato. Para sua sorte, Doc estava sendo prudente.

Indiferentemente às posições de George e Rod, Alex estava segura da sua opção. Sua empresa de aplicativos de jogos eletrônicos passara para outra escala, ampliando as atividades de inteligência artificial, de fato, muito esperta e nada artificial. Os *nerds* que ela havia recrutado estavam fazendo milagres: cognição econômica fractal, formas impensáveis de rastreamento eletrônico e engenhosos aplicativos de monitoramento e comunicação. O mais incompetente dos seus funcionários saberia contornar os caros e inúteis sistemas ativados por Rick para não serem rastreados nas suas conversas. Ela própria não entendia a lógica das inovações, mas os clientes faziam fila para serem atendidos. Acontecesse o que acontecesse, ela se daria bem.

Enquanto esperavam a chegada de Doc, a conversa derivou para um sexto personagem agora distante do grupo, nos codinomes utilizados referido como DP. Ele havia sido o agregador inicial e repassado um grande número de contatos, indivíduos e grupos religiosos regionais conectados e aguardando instruções.

– *Como as coisas estão melhores depois da autoexclusão do DP, não é? O Divino Pastor era insuportável, eu não aguentava mais aquele moralismo implacável, o sagrado eterno, a integridade total, a radicalidade da pureza! Até fundamentalismo precisa de um fundo, mas, para ele, o fundo é sempre mais embaixo.*

– *Enquanto discursava, ele fazia aquelas poses tão dramáticas que pode ter se autoestrangulado.*

– *Ninguém se "autoestrangula", a pessoa desmaia antes de morrer e solta as mãos. Ele deve ter tido uma dúvida de consciência e até hoje está discursando para si próprio para saber o que é o certo e o que é errado. Asno histriônico!*

– *Por falar em estupidez, Rick, você é um imbecil. Aquecimento global é balela dos ecologistas, mas você poderia mandar instalar um ar-condicionado. Estamos ainda em março, nem começou a primavera e já não dá para aguentar o calor nesta sala.*

– O problema é a parede. Ali atrás fica a cozinha do restaurante, o fogão e o forno devem estar ligados. Vou abrir a porta. Falem mais baixo. Olhem quem está de volta. Se o DP falava demais, o lacaio do Doc é mudo.

Como se tivesse sido invocado, sem dizer uma palavra, Winston passou pela porta, sacou o celular já ligado. Na mensagem, Doc prometia ir encontrá-los antes da meia-noite. Na frente de todos, Winston tirou o chip, deixou-o sobre a mesa e fez um de que iria jogar o aparelho no rio. Cinzi, Cinzi, Cinzi...

Esperando Doc

Como em outras ocasiões, os assuntos foram se esgotando. Não precisavam mais repetir as declarações de princípio, os valores morais que os uniam, insistir na necessidade de agir, de preferência de agir com energia e determinação. Reprisaram os próximos passos, táticos e estratégicos. Depois de reclamarem com veemência do atraso do Doc, ficaram se olhando em silêncio. Todos na mesma faixa de idade, todos com convicções fortes, todos com muito dinheiro ou, pelo menos, envolvidos com grandes negócios. Nenhum deles queria chegar aos cinquenta anos sem ter dado o grande passo.

– *Vamos ficar esperando aqui de novo? E se ele não vier? Tenho pressa.*

– *George, ele disse que viria. Nós somos inteligentes, sabemos o que queremos, temos grana e gana e, justamente por isso, não podemos sair por aí alucinados fazendo bobagem.*

– *Alexandra, você é a rainha do bom senso, sabe tudo, como e quando fazer, você é foda. Ah, não enche o saco. Vou falar como todo mundo.*

– *George, Alex, calma, não gritem, o bar está quase vazio e vocês berrando desse jeito vão chamar a atenção. A segurança precisa ser mantida. Concordo com George, nós estamos muito dependentes do Doc. Se acontecer alguma coisa grave com ele, e não estou falando de morte, é só ele ter um acidente de carro, um infarto, o plano ficará desarticulado e nós, o que vamos fazer? Rod, qual é sua opinião?*

– Alex parece ter razão, temos que esperar mais um pouco. O Doc é muito inteligente e não está sozinho. Vocês sabem muito bem que nós quatro somos um dos vários grupos que ele articula na região. Acima dele tem gente importante. Foram anos de trabalho para organizar tudo, estamos com adeptos em quase todos os estados. Quando ele vier, podemos pedir que repasse um ou mais nomes estratégicos da rede.

– Tenho pressa, eu e todos os outros. Muita gente que eu conheço está inquieta, cansou de esperar. Mesmo sem audiência, a mídia tradicional não está mais conseguindo esconder os acontecimentos. Quando aqueles jornalistas fodões começam a dar lições de moral, a falar o tempo todo de direitos humanos, da importância da democracia, é porque estão sentindo a coisa esquentar. Democracia é o caralho!

– Ô, afobadinho desbocado, melhor parar com isso. Você acha que essa linguagem chula ajuda a pensar melhor? Nós somos superiores que os outros porque somos americanos autênticos, não usamos a linguagem da ralé. Porque somos melhores, nós faremos a coisa certa, no momento certo. E, agora, o certo é esperar o Doc. Além da organização, ele tem a clínica, que exige um trabalho insano. Nossas empresas podem funcionar vários dias sem a nossa presença. Você, George, pode ficar jogando golfe dia e noite e o dinheiro vai continuar entrando nas suas contas bancárias do mesmo jeito. A clínica vive cheia de pessoas poderosas, melhor dizendo, de doentes importantes, e atendê-los pessoalmente é fundamental para a legitimidade social e política do Doc.

– O Doc não trata quase ninguém pessoalmente.

– Sei, mas só o fato de passar no quarto, falar com o paciente ou com os familiares é essencial.

– Então, vamos fazer uma votação. Eu e o Rick somos por agir logo. Rod, qual é sua posição?

– Votação, George? Não vai ter votação nenhuma. Você sabe o que é hierarquia? É o direito natural de ocupar o lugar que se ocupa. Depois do Doc, quem manda nesse grupo sou eu. Vamos esperar.

O silêncio durou até a meia-noite e vinte e só foi quebrado para confirmar a reunião da próxima semana.

Fazia mais de uma semana que Doc não passava na clínica para visitar os pacientes mais importantes. O cirurgião-chefe tinha as mesmas habilidades diplomáticas e conseguia substituí-lo à altura, falando de maneira compassada e gentil com todos. Por uma sorte inacreditável, eles tinham quase a mesma idade e eram fisicamente parecidos. Em várias ocasiões, os doentes ou seus familiares acreditavam estar falando com o real proprietário. Em momentos de tensão pré ou pós-operatória, ou no caso de acidentes, as pessoas ficavam nervosas e não viam a diferença entre os doutores, sentindo-se, portanto, atendidas pela autoridade máxima do estabelecimento.

Isso permitia que Doc se ausentasse por vários dias, como agora, momento crucial para articular diretamente os grupos envolvidos. A semana havia sido uma verdadeira maratona de reuniões, jantares privados, contatos com os influenciadores das mídias sociais, com outros estrategistas responsáveis pela conexão entre os grupos intermediários e os chefes. Conseguiu até conversar pessoalmente com o Divino Pastor restabelecendo o contato com setores religiosos relevantes. Com ou sem plateia, DP falava de modo atabalhoado, com exageros retóricos e dramatismo gestual. Era um aliado indispensável, embora quase sem controle sobre os fiéis da sua própria igreja. De certa maneira, representava o inverso do quarteto do pôquer, moderados na linguagem, exceto George, e com autoridade sobre vários subgrupos. A questão premente era tentar baixar o grau de ansiedade de todos. No caso do quarteto, havia outro problema de difícil solução: eles se consideravam um quinteto, sendo ele, Doc, além do quinto membro, o líder, mas em pé de igualdade no que dizia respeito ao engajamento e ao tempo disponível. Doc vinha evitando participar das reuniões, aproveitando, ao mesmo tempo, para manter ocupado o sobrinho nos sábados à noite.

No ano anterior, Winston havia sido uma chateação sem precedentes. Adolescente riquinho e entediado, ele acabara se envolvendo com drogas, e isso para a família era tão grave quanto se converter para outra religião. Para Doc, o montante da dívida representava o valor que ele cobra por uma simples consulta, mas o que estava em jogo era a respeitabilidade de toda a família. Tentaram interná-lo em uma clínica de reabilitação, porém, foram dissuadidos pelos próprios médicos que fizeram a triagem e o aconselhamento familiar. O uso de MDMA durante alguns fins de semana não justificava tal medida e daria mais visibilidade ao caso. Depois de levar uma coça dos pais, Winston foi parar sob a tutela moral do tio Donald, cuja primeira providência foi contratar um detetive para segui-lo por meses e, com o prestígio de ser o dono da principal clínica privada do estado, acionar a polícia para cortar a fonte de suprimento da Molly. O espancamento até a morte de um pequeno traficante cujo ponto era a entrada secundária do colégio de luxo deixou todos satisfeitos e sossegados.

– Donald querido, estiveram aqui em casa umas dez pessoas querendo falar conosco. Como eu estava numa reunião com as mulheres do grupo do Judiciário, não pude atender. Juanita, além de ótima copeira, tem qualidades de secretária,

não informou o número dos nossos celulares e anotou nomes e telefones das visitas. De alguns, conseguiu até saber o que queriam: o de sempre. Antes tínhamos que correr atrás. Agora, as pessoas nos procuram para participar e, melhor, para contribuir financeiramente. Dois foram seus pacientes, outro é advogado e trabalhou comigo naquela primeira empresa de consultoria tributária, lembra? Os outros não conhecemos, mas acho que são empresários da região. Este último nome, Vernon McVeigh, precisa ser evitado a qualquer custo. Já ouvi falar dele, é um alucinado incontrolável, vai criar problemas sérios. E seu dia, benzinho?

— Foi, Rachel, querida, foi... alucinante! Devo ter encontrado umas vinte pessoas que representam centenas de outras. Só gente de bem. Por enquanto, tudo sob controle, não vai demorar a acontecer. Precisamos ter calma, não fazer bobagens antes da hora. Tens razão, precisamos evitar certos indivíduos e grupos. Eles podem ser sinceros, mas agem por conta própria, sem esperar a articulação coletiva. Já vimos isso antes e deu no que deu. Temos uma lista dos canceláveis, como é o caso do McVeigh, mas isso ficará para depois. Agora estou mais confiante, a gente

que está conosco é a elite da elite, patriotas confiáveis, sensatos, constitucionalistas autênticos. É quase uma ironia, a coisa está se espalhando de maneira tão forte que o problema é conseguir controlar as adesões. Tem gente vindo do Canadá para oferecer apoio.

– Mas isso não pode! São estrangeiros!

– Não, são estadunidenses vivendo lá. O que vem do Norte é bom, o problema é quando vem de baixo. O que fazer com não caucasianos querendo aderir? Eu não queria estar na pele dos nossos aliados da Flórida. Lá, vai dar a maior confusão.

– Temos que começar antes para dar a direção. Viva a Carolina do Norte. Podemos trocar o dístico do estado de First in flight *para* First in fight.

– E as crianças? Já foram dormir?

Rick tinha planos de longo prazo, os percalços seriam momentâneos e os seus caminhões teriam um papel estratégico. Não seria uma guerra de trincheiras, cada lado cavando valas e túmulos. Será uma guerra de movimento, conceito ouvido de um jornalista sobre algum conflito em algum lugar distante cheio de pó e areia. Movimento significa andar para um lado e para o outro, não a pé, nem de carro, menos ainda de trem, que só percorre o caminho já existente. Seus caminhões levariam coisas e trariam outras por uma causa justa, e ele sempre ganhando dinheiro. Seus concorrentes acham que ele é um maluco, estocando gasolina e diesel em lugares estranhos. Eles não sabem de nada. Rick tinha certeza de estar fazendo a coisa certa: esconder combustível, pneus e peças que quebram com frequência. Infraestrutura e logística são detalhes, o que é verdadeiramente importante é de outra natureza. O essencial está em algo menosprezado pelos outros. O sofisticadíssimo caminhão, com a tecnologia mais avançada, dezenas de computadores a bordo, conduzido eletronicamente a distância, é uma quinquilharia que qualquer adolescente consegue sabotar em poucos minutos. O essencial são os seus motoristas, vários deles demitidos pelas companhias concorrentes.

– Marie-Claire, eles são de fé. Não preciso argumentar nada, eles estão espontaneamente do nosso lado! Furarão os bloqueios, atropelarão quem não quiser aderir à causa, esconderão os

caminhões e as cargas, e voltarão triunfantes, buzinando.

– Mon amour, *estamos atrrazado para irrr ao concerrrto. Eu preferrirria ir dançar, mas você combinou com os* Wonderborn *escutar aquele chato do Chopin.*
– *Vanderbilt.*
– *Vander* blind, *ah, ah, ah...*
– *Não achei graça.*

Alex estava se divertindo enquanto ganhava dinheiro de uma maneira inimaginável. Parecia um conto de fadas, ela com sua varinha de condão batendo na cabeça de uns gnomos com gorros enterrados até as orelhas produzindo *softwares* e aplicativos especiais. Antes mesmo de criarem alguma coisa, apareciam na sede da empresa uns sujeitos esquisitos, alguns de terno e gravata, outros de sandálias e bermudas e ofereciam milhões de dólares pelos produtos da sua *startup*. Tudo sem fazer força, sem se preocupar. De imediato, tinha que enquadrar o trio do pôquer, em especial, George, sempre desbocado e prepotente. Era o mais rico de todos e o mais afobado, e por isso se achava no direito de opinar. Quem era ele? Duzentos e tantos anos de história nacional para produzir um herdeiro, pretensioso e afetado, procurando uma causa para justificar sua existência.

— Alô? Querido? Você vai voltar no próximo fim de semana?

— Alexandria, minha princesa russa...

— Para com isso! Já disse mil vezes que quem era printsessa era minha bisavó. Quem se achava uma princesa era a Alissa Zinov'yevna, aquela que...

— Alex, querida, esta semana estou substituindo o vice-presidente da Comissão de Ética do Senado. Esses néscios da maioria estão complicando as coisas, é processo após processo contra os congressistas do nosso lado, comissão de inquérito sobre declarações, entrevistas, coisas nas redes sociais. É só usar a liberdade de expressão que eles nos acusam de discriminação, preconceito, parcialidade. Ontem aconteceu de novo, um deputado dos nossos, professor de Direito, foi impedido de fazer uma conferência sobre direitos individuais na universidade.

— Sim, estou sabendo, mais um.

— Eu vi as fotos dos manifestantes. Não preciso dizer nada, escumalha malvestida, escuros mal-educados, ocupando lugares na *universidade sem merecimento. Eles podem dizer o que querem e quando nós divulgamos a verdade, a histórica, a autêntica. Bom, você sabe. Acho que vou ficar por aqui até o fim do mês. Amanhã à noite tenho um jantar de apoiadores, preferia ir ao Old Ebbitt ou no 1789, mas escolheram o Agnif. Detesto comida étnica, mas vai ser com um pessoal que vai repassar um bom dinheiro, não deles, é claro. Deus te abençoe.*

Ter um marido congressista tinha várias vantagens: era muito prestigioso, servia para resolver algumas questões legais importantes e, no momento, ele estava morando a mais de 300 milhas de casa.

– *Melhor ele estar ocupado com restaurantes do que correndo atrás de um rabo de saia.*

– *Se ele aparecer sem avisar?*

– *Fofo, entre outras coisas, minha empresa é especializada em rastreamento. Colocar um microchip no celular, no carro ou nos botões das camisas é a mesma coisa. Bip, bip, bip. Vamos lá para cima, fofinho.*

Rod vivia amargurado e ressentido. Durante muito tempo da sua vida, ele se achara no topo de tudo, dos negócios, do prestígio social, do respeito familiar, até da forma física. Na sua autoapreciação, ascendera na vida por mérito próprio, a ajuda financeira da megacorporação do pai fora sempre ocasional. Ele se considerava o exemplo das leis da natureza que selecionam e premiam os melhores. A hierarquia na sociedade era justa e ele bem que se esforçara para merecer tudo o que tinha acumulado. Não sabia como lidar com isso no que dizia respeito aos dois filhos. Mimados, o menor frequentando o melhor colégio da Costa Leste, o mais velho na universidade, porém tendo entrado pelas "portas laterais" – o que lhe havia custado uma fortuna. Um dia, os dois herdariam milhões e milhões sem ter trabalhado para isso. Rod se preocupava com frequência sobre como resolver essa contradição.

Mais recentemente, começaram os problemas que o desconcertaram. As dúvidas do início logo se transformaram em ressentimento, em rancor e em ódio. Reivindicava o papel de vítima, embora escondendo a origem do que tinha acontecido e culpando determinados personagens pelo que ele classificava como sendo um complô.

– *Tudo começou com o indiano da OSHA, aquele serviço inútil de segurança e saúde no trabalho.*

O "indiano" nascido na Filadélfia, de pais e avós norte-americanos, foi o responsável pela equipe de vistoria no começo da construção do shopping. Fiscalizações sobre a mão de obra empregada eram feitas com regularidade, porém, bastava enviar seu advogado com alguns mimos para os fiscais ou ele próprio falar com os secretários de Obras dos municípios sobre o financiamento das campanhas dos prefeitos, e tudo se resolvia.

– *O indiano, paquistanês, afegão ou de que raça seja veio para ferrar o meu negócio. Foi muito azar a equipe de inspeção aparecer justo quando estavam trabalhando no canteiro do subsolo umas duzentas pessoas. Como eu ia saber que eram cucarachas ilegais? A empresa que intermediou a contratação garantiu que eles estavam com os documentos em dia, não dormiriam na obra, a comida servida não era podre e, sobretudo, quem quisesse poderia sair. Só pode ser um complô feito por estrangeiros infiltrados no governo. Pobre América.*

De fato, a Inspetoria de Saúde no Trabalho comunicou o fato para o pessoal do Imposto de Renda, e aí tudo começou a ficar mais difícil. No jantar anual da associação dos construtores encontrou Richard, que o convidou para jogar pôquer na sala especial do bar atrás do posto de gasolina.

– *Vocês já devem ter lidado com isso. É imposto e mais imposto para sustentar essa gentalha preguiçosa. Para escapar, tive que decretar falência e abrir duas ou três novas empresas em nome de um sobrinho no Delaware, lugar maravilhoso onde não se pagam impostos. Ainda bem que tenho uma equipe de advogados de primeira linha. A última perseguição da qual fui vítima é por crime ambiental. Onde já se viu? Neste país, ser rico se tornou uma ilegalidade! É processo por uso de imigrantes sem papéis, é processo por sonegação, é processo por corrupção. Não dá para empreender mais nada.*

Embora não soubesse, e teria odiado saber, George era conhecido pelo apelido, maldoso, de Ganso. Ele tinha o pescoço um pouco comprido e a cabeça pequena, e, quando ficava nervoso, balançava o corpo parecendo estar engolindo alguma coisa, grasnando como um ganso sinaleiro, estridente e repetitivo. Detalhes físicos pouco importantes. O que conta é que George era ansioso, hesitante, angustiado nos raros encontros com mulheres. O fato de não assumir sua sexualidade o fazia sofrer e, sofrendo, fazia sofrer os outros. Sua rigidez moral desdobrava-se em preconceitos e em agressões, sobretudo com relação a homens gays. Possuía uma fortuna maior que as dos outros membros do quarteto somadas àquela do Doc. Ainda quando jovem, havia herdado algumas centenas de milhões tendo gasto uma boa parte em roupas, carros, viagens e presentes para os vários amigos e as poucas amigas. Não interessava quanto esbanjasse, tudo era compensado quase ao mesmo tempo pelos ganhos em investimentos. Era rico, com família e amigos ricos e, entre todos eles, era o único que não havia cursado uma faculdade, aberto um negócio ou feito alguma grande asneira tornada pública. Isso lhe deixava incomodado, embora não a ponto de tomar alguma iniciativa para reverter a pasmaceira. Um dia, todos saberiam o valor que ele tinha. E, justamente, com o quarteto do pôquer ao qual se associara, graças ao convite da Alex, estava fazendo alguma coisa. Nesses casos, o dinheiro serve para algo maior que o consumo conspícuo.

— *Alexandra, você é a única que me entende e...*

– Entendo o quê? George, para de ser... sei lá... tão explícito. Precisa um pouco mais de sutileza.

– Alexandra, eu só estou dizendo com clareza o que nós pensamos e queremos. Não basta nós nos acharmos os melhores. Essa gentinha precisa reconhecer que nós somos os melhores. Agindo, vão saber que nós somos os lobos, não as ovelhas. Os desqualificados vão acreditar que eu..., nós..., temos mérito. Você sabe bem que precisa impor as diferenças, senão não tem grandeza possível. Se esses miseráveis não souberem ficar no seu devido lugar, isso vai ser uma zona. Para deixar este país mais decente temos que começar a fazer uma limpeza purificadora. A escória só vai sossegar quando correr muito sangue. Matar, tem que matar.

E assim passaram os dias, mais ou menos tranquilos.

Quinteto

Doc, Alex, Rick, Rod e George simulavam o jogo de pôquer, falando em um tom de voz normal e dando risadinhas de vez em quando. Apesar da insistência de Rick, sempre obcecado pela segurança, a linguagem em código foi logo abandonada. Como sempre, Alex estava fleumática, Rod pensava nos seus negócios e George tentava conter sua ansiedade. O bar estava lotado com pessoas animadas, bebendo Chardonnay e esperando a apresentação de um quarteto de cordas.

– *Caros, caríssimos amigos, lamento ter me ausentado das reuniões nos últimos meses. O que está acontecendo, e vocês estão contribuindo muito nesse sentido, é algo extraordinário, agora é pra valer. Alex, você é muito importante, sua equipe é maravilhosa, estamos conseguindo atingir milhares, não!, milhões de pessoas com mensagens precisas, promovendo engajamento indispensável para a causa. Aqueles últimos vídeos são fortes, intensos, resultaram em não sei quantos milhões de likes autênticos. Rick, sua logística é precisa, maravilhosa. Quando mostrei o esquema para o Comandante, ele ficou embasbacado. Ele comentou algo que faço questão de repetir: tem coisas que à primeira vista não parecem importantes, como nos bastidores de uma peça de teatro, porém, sem elas o espetáculo fica tosco e sem graça. Rod, sua participação é maravilhosa, você tem um talento insuperável. Rachel, minha esposa, diz isso para todo o mundo: o Rod é indispensável. George, meu querido, que bom que você está aqui, sua contribuição é maravilhosa. Agora vamos falar das coisas essenciais e da responsabilidade de cada um. Primeiro, o que vai acontecer tem que acontecer.*

Repetindo à exaustão o adjetivo e o que todos estavam cansados de saber, Doc criticou severamente as experiências anteriores, fracassadas pelo amadorismo, pela afobação e pelas iniciativas isoladas. Falou de ações táticas e estratégicas, de manobras de avanço e retirada, das redes de contato e das respectivas obrigações, de hierarquia e disciplina, de obediência e da necessidade de enquadramento das ações individuais. Quando fazia a identificação dos que estavam no comando, baixava a voz, mas não citava o nome de ninguém. Era o Líder A, B, C, o Chefe Um, Dois, Três, e assim por diante, todos desconhecidos dos demais. O quarteto sabia apenas a quem ele se referia quando a designação era *O*

Comandante. Nessas ocasiões, o timbre de voz fica mais grave e respeitoso, e Doc baixava levemente a cabeça. Por duas vezes, mandou George calar a boca e não perguntou nada a ninguém.

– *Estamos em abril. Está tudo programado para acontecer em meados de setembro, semanas antes das eleições, quando ocorrem as mobilizações próprias das campanhas eleitorais. Por isso, nossos movimentos não chamarão a atenção.*

George quase explodiu, sentiu-se febril, com taquicardia e um início de ataque de pânico, tudo ao mesmo tempo. Conteve-se para não ser repreendido pela terceira vez. Porém, sabia que não aguentaria esperar mais cinco meses. Por sua vez, Rick não acreditou no que estava ouvindo. Esse tempo suplementar permitiria aumentar seu prestígio, contrataria mais alguns caminhoneiros colocando-os, estrategicamente, em lugares onde ele previa a eclosão de conflitos violentos. Seria uma maneira de preservar seus melhores colaboradores, fazendo-os entrar em cena em momentos decisivos com os carregamentos vitais. Sentia-se um estrategista, uma espécie de Stonewall Jackson, o general confederado da Guerra de Secessão a quem ele admirava muito. Rod não sabia prever se cinco meses a mais seriam bons ou ruins para os seus negócios. Ele precisava apenas de mais um mês para fazer o seguro das suas obras e preparar o que ele designava como "ações especiais". Alexandra sorriu surpresa, essa programação lhe era muito conveniente. Sua equipe estava bem preparada para aumentar a produção de material para as redes sociais e, também, porque lhe daria tempo de, com prudência, dispensar o seu "fofinho", de uma parte bem-dotado, de outra, maldotado de dar dó. Quando tudo acabasse, ela não se importaria em ir morar um tempo em Washington. Certamente, o oportunista do seu marido seria recompensado com um cargo de prestígio.

– *Caros amigos, nós nos veremos daqui a um mês, prometo não faltar. Agora, se vocês não se importarem, gostaria de trocar algumas palavras com o George.* Bye, bye, *nos vemos em breve.*

Apontando e sacudindo o indicador para cada um, sorriu de maneira sincera. Rick, Rod e Alex saíram contendo um suspiro de alívio. Preferiam evitar ouvir a lábia diplomática que enrolaria o quarto membro do grupo.

– George, você é uma pessoa especial, um dos mais importantes contribuintes em termos financeiros. Sei como você está ansioso para colaborar também em termos práticos, tomar parte da ação. Você tem uma arma?

– Tenho uma coleção, todos os tipos disponíveis no mercado americano e mais algumas importadas, porém, não sei usá-las. Nunca dei um tiro ou joguei uma granada, essas coisas.

– Certo, então vamos fazer o seguinte. Nós temos um campo de treinamento no Alabama, com hotel, restaurante, mordomias de toda espécie. Você vai para lá com todas as suas armas, manda por transportadora especial, vou passar o endereço. Durante quatro ou cinco meses, você vai treinar com gente qualificada, vai manusear armas variadas, tiro ao alvo, parado, em movimento, tudo pra se tornar um atirador de elite. No início de setembro, volta para cá para tomar parte de uma missão prática, contundente. Concordo com você, chega de discursos. Em setembro, começaremos a ação.

Parte II — *Diebus spectans*
Dias de observação

Vésperas do acontecimento (relato externo)

Fui uma das tantas testemunhas estrangeiras do que aconteceu naqueles dias. Como o serviço de bolsas do Ministério da Pesquisa do meu país queria enviar informações sobre todos os alunos em estágio ou frequentando cursos nos Estados Unidos naqueles dias para o Ministério da Segurança e de Relações Internacionais, tive que escrever esta versão preliminar do relatório. Peço que considerem isso. É um informe feito às pressas por uma estudante de 24 anos. Todo mundo quer entender o que aconteceu. Meu envolvimento foi por acaso, por estar no momento e no lugar errado ou algo assim. Tenho lido muitas análises sobre aqueles dias. Análises feitas *a posteriori* são fáceis de fazer, a questão é que, antes, ninguém estava prestando atenção e ninguém teve nenhuma premonição, inclusive eu. Não fui assassinada porque tive a sorte de não ficar no acampamento como pretendia.

Meu nome é Solveig, sou natural de Vaksdal, na Noruega, onde moro. No momento em que eu escrevo este relato, ela tem 3.997 habitantes. Digo isso porque tem a ver com a minha trajetória. Quando terminei a faculdade de Ciências Sociais, indo e voltando todas as semanas de Bergen, comecei um curso de mestrado em Antropologia Urbana. Sou deslumbrada por cidades com milhões de habitantes e imaginei fazer uma pesquisa etnográfica nos mercados de rua em Lagos, na Nigéria. Quase no final do curso, começou a segunda onda da pandemia impedindo qualquer viagem para o exterior. Para meu desconsolo, o meu pragmático orientador sugeriu um tema de pesquisa local, no caso, uma investigação sobre mitos ancestrais de um grupo da população nativa do Norte do país. Quando o isolamento foi flexibilizado, completei o meu trabalho de campo, mais precisamente, meu "trabalho de gelo". Mitos são relatos fantásticos mais bem compreendidos se comparados com fabulações e lendas similares. Por isso, desejosa de viajar, procurei no exterior manifestações parecidas com aquelas do grupo observado. Apresentei um pedido de financiamento para o Ministério da Pesquisa alegando a hipótese de similaridades entre os mitos do quase extinto grupo norueguês e os de indígenas norte-americanos que tinham migrado do sul do Canadá para o norte dos Estados Unidos.

Concederam-me uma bolsa de estudo por três meses, passagens de avião, deslocamentos terrestres, estadia e compra de material bibliográfico. Assim, poderia entrevistar remanescentes de um ramo menor da tribo dos Ojibwas, pelas estatísticas aproximadas, umas quinhentas pessoas. Chegando a Des Moines, Iowa, descobri que minhas informações estavam totalmente desatualizadas, eu havia confundido os nomes originais. A tribo havia se dirigido mais ao Sul, ou Sudeste, há várias décadas. Até aqui, nada de excepcional, pois, à exceção dos egípcios do período dinástico inicial, os humanos não pararam de se deslocar de um lado para outro.

A viagem de ônibus por etapas não me deixou cansada e foi encarada como uma oportunidade de ver belas paisagens. As informações sobre os Ojibwas continuavam imprecisas, me forçando a fazer uma parada completamente fora da rota prevista inicialmente. Não vou identificar o nome do lugar, uma vez que o que vou relatar poderia ter acontecido em qualquer cidade da região. Uma boa antropóloga é alguém que observa, observa, olha, olha, ouve, ouve e, de vez em quando, toca em objetos e, se for o caso, sente os cheiros. Pois, justamente, eu estava naquele mundo diferente à minha frente querendo ser uma Kate Fox norueguesa.

Eu estava superatenta à indumentária, à maneira de caminhar, aos gestos, às gírias. Chapéus e bonés, estilos de corte de cabelo, carros, cores, sapatos e botas, alimentação, não havia um detalhe que eu não observasse. Durante dois dias, caminhei pela cidade, fui a shoppings, lojas, bares, esquecendo completamente os "meus" indígenas. Andei de ônibus pelo centro e pela periferia, encantada com aquela grande cidade tão diferente de Bergen ou Oslo. Atenta às aparências, no início não captei a tensão, a animosidade latente em processo de ebulição. Naquele momento, eu deveria ter entendido que determinados comportamentos exagerados tinham significado. Por exemplo, motoristas andando em alta velocidade em imensas camionetes embandeiradas. Nunca menos que três bandeiras por carro. Em filmes americanos, quase sempre aparece uma *Stars and Stripes*. Porém, me parecia estranho aquela ostentação frenética de símbolos nacionais pelas ruas.

No final do segundo dia, pernas e olhos cansados, fui jantar em um pequeno restaurante com mesas na calçada. Minha hesitação em escolher um prato chamou a atenção de um grupo de jovens, moças e rapazes, sentados ao lado da minha mesa. O macho alfa que dominava o grupo se aproximou de mim e (...). Minha reação não foi a que ele esperava, e para não se dar por vencido, me convidou para uma festa que ocorreria na noite seguinte no apartamento de um deles. Eu era, possivelmente, a primeira norueguesa que eles encontravam e era bem provável que eles estivessem me acolhendo com a intenção de me exibir como um troféu exótico na festa.

Dito e feito. Depois de algumas brincadeiras sem graça sobre Papai Noel e umas piadas incompreensíveis sobre alces – acho que eles estavam pensando em renas –, deixei de ser o centro da atenção, sendo substituída pelas pizzas entregues naquele momento cronometrado. A sequência foi, como de hábito, os rapazes conversando de um lado, as moças cochichando de outro, todos olhando os celulares. Mais uma vez, o macho alfa tentou (...). Para evitar mais uma cena constrangedora, fui sentar em uma poltrona de canto. Fiquei lá sem ser molestada e pude, assim, observar os dois grupos e o apartamento da pessoa que tinha me convidado, imenso e sobrecarregado de bugigangas de luxo. Usando o celular como gravador, descrevi alguns detalhes a respeito da disposição das peças e dos móveis, não havia nenhuma decoração especial, e pizza ruim é pizza ruim em qualquer lugar do mundo. Os rapazes estavam nervosos, falando alto e quase brigando entre si, e as moças olhavam para eles com ar preocupado. Como longos minutos se passaram sem ninguém se preocupar comigo e esgotado qualquer registro digno de nota, fiz menção de ir embora. Uma das garotas se deu conta da impolidez e, pedindo desculpas, me convidou para outra festa no domingo à tarde, desta vez, na casa de alguém cujos pais estavam viajando. Ela passaria no hotel para me buscar. Como não tinha nada programado, resolvi aceitar.

Relato essa sequência porque ela tem importância no encadeamento dos fatos, mas, antes, preciso explicar o que fiz durante toda a sexta-feira. Cedo de manhã, fui ao Ofício de Turismo do município para buscar informações sobre o agrupamento dos Ojibwas. A maneira pela qual fui recebida deveria ter soado um alerta. Ao perguntar sobre a localização das reservas indígenas, me deram uma resposta grosseira e me encaminharam para um serviço municipal especializado. Lá, apesar das minhas explicações acadêmicas, ocorreu a mesma coisa, só recebendo alguns dados de um funcionário hostil. No caso dos Ojibwas, era uma reserva ainda sem reconhecimento e com registros provisórios, localizada dez milhas a Oeste da cidade, abrigando, nas palavras do atendente, "meia dúzia de marginais". Ele não forneceu nenhum número de telefone que permitisse agendar uma visita. De posse de indicações aproximadas, tomei um ônibus e fui até o local.

A parada mais próxima me deixou diante de uma estrada de terra a qual tive que percorrer a pé, até chegar a um acampamento constituído de dezenas de tendas de tamanhos diversos, além de trailers e de reboques instalados próximos a uma grande casa de madeira sem pintura. O lugar era belíssimo, uma leve colina com pasto verde e árvores em profusão. No horizonte, algo que eu jamais havia visto na minha vida: uma planura sem fim marcada por linhas de sebes e grandes silos.

A casa de madeira tinha três portas frontais e em uma delas estava pendurada uma plaqueta indicando se tratar do serviço administrativo responsável pela reserva. Um senhor de meia-idade me recebeu com um ar receoso e ficou ouvindo, sem dizer uma palavra, as explicações sobre o objeto da visita. Depois de repetir pela segunda vez a história da minha procedência e o tema da pesquisa, ele chamou outra pessoa, desta vez, com nítidos traços indígenas. Repeti as mesmas informações, os dois me olhando sem piscar. Depois de minutos de silêncio, o segundo personagem falou em voz baixa, de forma pausada e sempre me olhando nos olhos. Na reserva, em disputa acirrada com os fazendeiros locais, viviam várias dezenas de nativos. Os Ojibwas do ramo Kwak tinham vivido centenas de anos nas proximidades até serem expulsos para o Norte. Agora estavam tentando voltar para uma pequena área antigamente ocupada pelos seus ancestrais. Os jovens e os adultos trabalhavam no comércio da região ou prestavam serviços nas redondezas, só retornando nos fins de semana. Havia alguns poucos idosos que poderiam responder às minhas perguntas sobre os mitos, conceito que eles custaram a compreender. A proposta de um encontro na quarta-feira me deixou muito contente. Seria uma oportunidade de eu ficar vários dias observando os moradores. Porém, para minha sorte, isso não foi possível por falta de condições de me alojarem na reserva. O acampamento era provisório pois, apesar de o Bureau of Indian Affairs ter garantido a posse da terra, eles ainda não tinham permissão para a construção de residências permanentes. A espera justificava, portanto, aceitar o convite para mais uma festa dos jovens na cidade.

No sábado pela manhã, fui acordada por buzinas estridentes. Pela janela do hotel dava para ver uma espécie de cortejo formado por camionetes, caminhões e carros muito grandes, todos embandeirados, saindo no Centro e se dirigindo para o lado Sul da cidade. Um potente alto-falante anunciava um evento que começaria às nove horas. Como os pedestres aplaudiam de forma entusiástica, imaginei algo importante podendo contribuir para enriquecer as minhas observações socioetnográficas da capital do estado. Em face das limitações numéricas do objeto de estudo original, teria elementos para propor ao Ministério uma mudança no foco da pesquisa.

Na entrada do centro de eventos havia controle de documentos. Olharam e reolharam meu passaporte sem saber o que fazer. Por fim, me liberaram para fazer a fila avançar. O auditório, com capacidade para, imagino, umas mil pessoas, estava lotado, sobretudo de jovens e pessoas de meia-idade, alguns permanecendo de pé e ovacionando o orador que estava falando do alto de uma espécie de púlpito, ao lado do qual havia cinco ou seis pessoas sentadas. Graças a um folheto jogado no chão, pude entender o que estava acontecendo. O programa previa a discussão de quatro questões pela comunidade. A primeira fazia menção ao "caso McGregor", já discutido e superado. O segundo ponto era sobre a nova lei da imigração, questão que eu estava acompanhando, superficialmente, pelo noticiário da TV do hotel. Aprovada pelo Congresso na semana anterior, a lei permitia a legalização de mais de cinco milhões de estrangeiros sem documentação desde que provassem estar morando no país há mais de dez anos. O assunto era motivo de controvérsias acaloradas, parte da população se opondo de maneira radical sob a alegação que isso estimularia a entrada de mais e mais imigrantes ilegais no país. Os favoráveis à lei argumentavam que seria a chance de reduzir o trabalho clandestino já existente, permitindo o recolhimento de mais taxas e impostos. O orador esbravejava contra a lei, sendo aplaudido antes mesmo de completar as frases. Ao concluir seu discurso, anunciou o terceiro ponto, fazendo os presentes vociferarem palavras de ordem ritmadas contra a lei federal que seria votada na próxima semana, cujo objetivo era aumentar o controle sobre armas de fogo automáticas ou de repetição. Não sei qual é a diferença.

Não dava para entender o que o novo orador dizia. Eu estava de pé na última fileira das poltronas do auditório e, colado a mim, havia um grupo de jovens pulando e mexendo os braços com tal violência que recebi diversos tapas e cotoveladas, além de ser apalpada por um tiozinho assanhado. Fui capaz me deslocar em direção à parede lateral e, ainda sem conseguir entender o que era dito, pude melhor observar os presentes. Apesar do calor ambiente, várias pessoas estavam usando jaquetas leves de couro, todos estavam bem-vestidos e todos eram brancos. O quarto ponto marcava apenas "Joan Buchmann – terça-feira – 18h – Antigo estádio Sackler".

A moça que veio me buscar no hotel chegou conduzindo um veículo do tamanho de um caminhão. A "festa" era, de fato, um almoço tardio em uma casa luxuosa com um grande jardim nos fundos. O ritual se repetiu: apresentação do "troféu" norueguês, piadas sobre Hagar, o Horrível, e sobre focas. Minutos depois, a dezena de pessoas presentes estava bebendo e logo se esqueceu de mim. Pude observar melhor a casa, imensa, três ou quatro ambientes cheios de sofás e pequenos móveis, muitas cortinas floreadas com detalhes em verde e dourado, prataria exposta etc. Jovens e adultos vestidos de maneira quase idêntica – calças jeans, tênis, camisas e blusas com cores contrastantes, vermelho, azul, permanecendo de pé, bebendo cerveja e conversando em pequenos grupos. Quando começaram a servir o *barbecue*, o assador mostrou uma peça de carne gritando "alguém quer um pedaço de pinguim da Noruega?".

Na segunda parte do ritual, os homens ficaram conversando do lado de fora e as mulheres foram para a varanda, todos atentos aos celulares e eu, num canto de uma sala lateral, entediada, tentando sem sucesso chamar um Uber, Lyft, táxi, o que aceitasse uma corrida primeiro.

Repentinamente, um grupo de rapazes mal-humorados e falando alto passou por mim sem me ver. O anfitrião abriu uma porta que eu imaginara ser a de um lavabo, mas era – na verdade – uma entrada para o subsolo. Depois de alguns segundos, não foi possível ouvir mais nada. Curiosa, desci a escada e acedi a um clássico porão: máquina de lavar roupa, furadeiras junto com dezenas de ferramentas penduradas na parede lateral. No centro, uma bancada com um pequeno torno, uma lixadeira e outras coisas. O grupo não estava lá. Seguindo as vozes, reparei que havia outra porta lateral. Como ela estava semiaberta, abri-a e penetrei em um segundo ambiente do mesmo tamanho da anterior. Os rapazes estavam em círculo observando atentamente alguma coisa exposta pelo anfitrião. Como não se deram conta da minha presença, pude conferir o que continha a peça. Um arsenal! Dezenas de fuzis, metralhadoras, revólveres e pistolas estavam alinhados nas paredes. No piso, caixas e caixas do que pareciam ser as munições correspondentes. Dezenas de delegacias de polícia na Noruega somadas não deveriam possuir tanto armamento.

No domingo, fui a pé até o centro da cidade. Lojas e restaurantes estavam fechados e o calor era insuportável. Na última semana de abril, fazia mais de 90 graus Fahrenheit. Observação físico-antropológica: quando está muito quente fica-se sem enxergar, as pessoas e as coisas estão aí, mas não se vê nada. Os poucos habitantes locais com quem eu falei se queixavam do clima o tempo todo. Para uma norueguesa, aquela temperatura era a mesma da antessala do inferno. Por sorte, encontrei um pequeno centro comercial aberto, onde pude almoçar e observar os outros clientes. Pela constituição física e pelo tipo de vestimenta colorida, possivelmente não eram da região, falavam baixo olhando para o lado com ar temeroso.

A mesma temperatura desagradável e aflitiva continuou na segunda-feira, me obrigando a ficar no quarto do hotel, sem outra coisa para fazer além de ver televisão. Pude, então, me situar sobre o assunto do momento. No início, analisei o padrão físico e vocal dos âncoras do noticiário. Pareciam bonecos semicoloridos, sentados na mesma posição, vestindo uniformes azuis idênticos e lendo o teleponto sem nenhuma emoção. Podia ser um terremoto no Japão com centenas de vítimas ou o nascimento de uma girafinha do zoológico local, a entonação era a mesma. Sem diferenças marcantes, os canais de notícias repetiam, minuto a minuto, as informações sobre a votação da lei sobre o controle de armas no Congresso. Não tinha outro assunto.

Na terça-feira, a temperatura não diminuiu, pelo contrário, nuvens escuras permaneciam sobre a cidade aumentando a sensação de calor úmido. Trancada no quarto do hotel, passei horas tentando resolver a questão do meu celular que decidira não reconhecer mais o chip que comprei quando cheguei aos Estados Unidos. Duas ou três vezes falara com meus familiares na Noruega gastando os créditos e os bônus da minha operadora de lá. No fim, estava sem vias de comunicação além do WiFi. Precisava ter o celular liberado para, pelo menos, confirmar a reunião com os Ojibwas-Kwaks prevista para quarta-feira.

Os cortejos de veículos 4x4 se repetiam em frente ao hotel e, não tendo mais nada para fazer, fui de táxi para o "Joan Buchmann – terça-feira – 18h – Antigo estádio Sackler".

Diferente do centro comunitário onde pediram documentos de identificação, no Sackler me empurraram sem modos para dentro. Não conheço muito bem os esportes norte-americanos e por isso não sei que tipo de estádio era aquele. Rúgbi? Beisebol? Futebol? Um gramado artificial, arquibancadas com cobertura em três quartos das laterais e no centro um palco cheio de gente, de microfones e de operadores de filmagem. Pensei em subir as escadas laterais e me posicionar de forma a ver o show do alto. Não me deixaram, continuei sendo empurrada até o centro do estádio e, de lá, pude constatar que as arquibancadas estavam lotadas por, sei lá, talvez umas cinco mil ou mais pessoas. No gramado, a mesma coisa, gente compactada ao redor do palco e gritando de maneira frenética.

Uma pessoa berrava ao microfone sem conseguir se fazer entender até anunciar Joan Buchmann. O silêncio da multidão durou poucos segundos, sendo seguido por uma ovação ensurdecedora. Eu estava a poucos metros do palco e pude vê-la subir a escada com passos ágeis e decididos, fazendo o gesto clássico de apontar o indicador para todos os lados, agitando as mãos e olhando olhos nos olhos... da multidão!.

Ela não me era estranha, quarenta e poucos anos, loira de cabelo alisado, vestindo uma camisa azul, seios volumosos, calças jeans justas e botas marrom de cano curto. Quando ela começou a falar, pude identificá-la pelo timbre de voz. Eu a havia visto em algum canal de televisão internacional como âncora do noticiário ou comentarista de política. O discurso passional não foi longo. As frases eram curtas e as ideias centrais eram repetidas com poucas variações.

"*Nós, o povo, nós o verdadeiro povo, não aguentamos mais. Nós temos razão e convicções justas e legítimas. Esse governo e esse Congresso não nos representam. O direito de usar armas é constitucional, é a segunda, a segunda emenda. A emenda que não pode ser mudada. É a vontade de Deus e do seu povo.*"

No final, ela fez um gesto com os braços estendidos na altura da cabeça, apontando em direção ao Leste e gritando uma palavra que não entendi, seguida de "Agora é ação!". Era o que a multidão estava esperando para debandar em fúria repetindo em uníssono "É agora, é agora!". Foi uma correria louca em direção aos carros, logo um longo e ruidoso cortejo tomou direção a Leste enquanto alguns poucos veículos se dirigiram a Oeste.

O que aconteceu na sequência, todos conhecem.

PARTE III — *Diebus irae*
Dias de ira

Dia 1

Existem dezenas de versões sobre o ponto de partida dos acontecimentos. A exortação de Joan Buchmann foi uma entre tantas. Na verdade, um torpe incidente foi a centelha que deu início ao desastre. Na tarde de segunda-feira, minutos depois da aprovação da nova lei sobre o controle de armas de grosso calibre, em um pequeno shopping situado em uma das vias de acesso à Highway 64, próximo a Memphis, Tennessee, uma dúzia de pessoas começou a hostilizar duas mulheres que haviam aplaudido o resultado da votação visto nas telas de TV de uma cafeteria na praça de alimentação. Bastou uma resposta mais firme de uma das moças para as ofensas verbais se transformarem em agressão física. A tentativa de uma garçonete de defender as duas mulheres deixou os homens mais exaltados ainda e, em poucos minutos, a pancadaria se generalizou, cadeiras foram jogadas contra os vidros da cafeteria e das lojas próximas, passantes foram derrubados com violência e um segurança do shopping levou uma garrafada na cabeça. Outro, sem identificar quem agredia ou quem se defendia, foi derrubado escada abaixo. O alarme de emergência foi acionado, fazendo os agressores se retirarem rapidamente.

Reagrupados no pátio externo, continuaram esbravejando, até um deles, JJ, tornado famoso por causa das controversas decisões tomadas, assumir a liderança do grupo. Como ele, existiam dezenas de militantes similares espalhados pelo país, identificados por duas letras e preparados para fomentar e, se possível, tomar as rédeas dos tumultos que deveriam começar em setembro. Calhou ser JJ, o mais impulsivo e despreparado desses agentes anônimos, a deslanchar o processo. Não eram seis da tarde quando, graças às redes sociais, centenas de carros e camionetes embandeirados e dezenas de caminhões acionando buzinas estridentes se dirigiram ao estacionamento do shopping, que logo ficou lotado, obrigando os outros motoristas a ocuparem as adjacências de ambos os lados da estrada. A chegada de um carro da polícia local exacerbou a tensão. Sem entender o que estava acontecendo, os dois policiais foram correndo até a praça de alimentação, pois o alarme continuava tocando.

Nesse instante, alguém se aproximou da viatura, cujas portas haviam sido deixadas abertas, e jogou para dentro uma bomba incendiária. Em segundos, as chamas tomaram conta do interior, e quando o tanque de gasolina explodiu, tiros de revólveres foram disparados para o alto. Em menos de meia hora, orientado por ordens da liderança improvisada, formou-se um cortejo de centenas de veículos. Em um primeiro momento, sem rumo específico, voltaram em direção a Memphis, rodaram pelos vários entroncamentos da 64 e da interestadual 40, para, finalmente, se dirigirem a Nashville, Tennesse.

Existem milhares de registros sobre essa primeira caravana, e o que merece destaque são as horas iniciais. No meio da noite, momento em que o líder ordenou uma inexplicável parada estratégica, pouco depois de Jackson, estavam circulando em fila dupla algumas centenas de caminhões, milhares de carros e incontáveis motos, todos conectados pelo mesmo aplicativo disponibilizado horas antes. Um dos participantes do rally era amigo de Alexandra B. e havia encomendado o serviço. Com um oportunista senso de negócios, Alex disponibilizou um app para celulares, de fácil instalação e acesso, além de ser criptografado de tal maneira que a National Security Agency, uma vez acionada, levaria horas para rastrear e decodificar. Novos aderentes chegavam por todos os lados, provocando engarrafamentos sem precedentes. De tempos em tempos, era possível ouvir tiros e rajadas de metralhadoras para o alto. Uma barreira da polícia formada por poucos carros foi destroçada pelos dois potentes *trucks* de competição que lideravam o cortejo. Os motoristas arremeteram contra as viaturas empurrando-as para as laterais da estrada, enquanto de cima de uma camionete blindada, 400 cv, atiradores abateram dois policiais e feriram alguns outros. Para desatravancar a estrada, os mortos e os feridos foram jogados em uma vala próxima de um viaduto.

Dia 2

Desconhecendo a existência da primeira caravana, episódios similares aconteceram nas periferias de Jacksonville, Atlanta, Dallas, Kansas City e em dezenas de outras cidades do Sul e da Costa Leste. Diferentes daquela iniciada nas proximidades de Memphis, foram aglomerações motorizadas turbulentas e sem deslocamentos rodoviários.

Quando o dia amanheceu, o cortejo que ficou mais famoso voltou a circular de forma lenta e ruidosa. Às nove da manhã, centenas de quilômetros da região estavam congestionadas por causa dos veículos ocupando a interestadual e por outros que tentavam se incorporar ao pelotão principal. O segundo incidente ocorreu nesse horário. Desde a madrugada, jornalistas dos principais jornais e canais de televisão da região buscavam se infiltrar entre os veículos para entrevistar alguém que tivesse informações válidas. Pelo aplicativo disponibilizado durante a noite por Alexandra B., circulavam orientações explícitas para os participantes evitarem contato com a imprensa. Alertado, o editor de um dos principais jornais do país deu ordens para deslocar a melhor equipe da subsidiária local para alcançar a cabeceira da manifestação. Próximo a Dickson, ainda no Tennessee, um helicóptero pousou ao lado do viaduto da 46, que se encontrava igualmente intransitável devido ao engarrafamento. Com câmeras e microfones nas mãos, os jornalistas foram direto ao que imaginaram ser o pelotão de frente do rali, quando uma rajada de metralhadora interrompeu a corrida. O fato de gesticularem apontando para o helicóptero, identificado com letras garrafais como *Press*, teve um efeito inesperado: a segunda rajada atingiu uma das jornalistas e o cinegrafista nas pernas. O restante da equipe desembarcada tentou voltar para o helicóptero quando este foi atingido por um tiro de bazuca, explodindo instantaneamente e matando o piloto e um fotógrafo que haviam permanecido a bordo.

Drones munidos de câmeras e acionados por outras empresas jornalísticas, pela polícia, por curiosos e, também, pelos próprios participantes da marcha foram abatidos.

Ao chegar à periferia de Nashville, os problemas de um movimento envolvendo tanta gente armada e incontáveis veículos foram se explicitando e se avolumando de tal modo que o caos não pôde mais ser contido. Era um milagre que em pouco mais de doze horas não houvesse ocorrido desastres maiores.

O que queriam? Para onde estavam indo? Fazer o quê? Havia comando? Sem corresponder a um plano prévio, respostas estavam sendo elaboradas em um trailer requisitado à força e estacionado ao lado de um posto de abastecimento situado numa estrada lateral à interestadual 40. Integrada ao cortejo nas primeiras filas, a verdadeira casa ambulante teve parte dos móveis substituída por uma mesa de reuniões. Nos fundos, sobre o que era antes a cozinha, prosélitos frenéticos – munidos de laptops e celulares – garantiam a comunicação com os milhares de participantes motorizados. JJ aproveitou a parada noturna para convocar, entre os envolvidos acordados, pessoas que pudessem coordenar a segurança, fazer contatos com outros movimentos eclodidos nas últimas horas e, sobretudo, responder à pergunta essencial: o que fazer de imediato?

Próximo do meio-dia, as diversas manifestações tomaram conhecimento uma das outras e isso mudou o curso dos acontecimentos. As lideranças que haviam surgido de forma espontânea começaram a se comunicar entre si a explicitar o conteúdo político do movimento. Com alguns problemas de sintaxe, gramática e pontuação, foi emitido um comunicado comum, resumido em poucos parágrafos:

"Nós o legitimo povo americano construímos essa Nação. Temos um passado glorioso mas o presente está sendo destruído das minorias e comprometendo o futuro. A razão e o direito estão do nosso lado de não aceitar leis de um congresso dominado por interesses que não representa os verdadeiros dos da maioria dos cidadãos da América. Temos o direito constitucional de reunirmos e de ter e usar armas. Nosso é direito de ir e vir. Vamos para Washington, marcando o descontentamento sob várias bandeiras. A Ação é Agora."

Na beira das estradas, os primeiros mortos permaneceram insepultos.

Ao chegar à periferia de Nashville, encontraram uma grande barreira policial: blocos de concreto haviam sido colocados sobre todas as vias, impedindo os carros de ultrapassar ou de desviar para ruas laterais. Centenas de policiais armados estavam a postos por todos os lados.

JJ, vestindo uma calça de camuflagem e uma camiseta branca, sozinho e desarmado, caminhou com toda a tranquilidade até a barreira, falou com o oficial responsável e aguardou até o prefeito da cidade aparecer vestido com um colete à prova de balas e escoltado por policiais fortemente armados. Após a curta conversa, o prefeito chamou seu secretário e o chefe da polícia. Minutos depois, a barreira foi levantada e o cortejo, acompanhado por viaturas da polícia, pôde seguir em frente com toda a tranquilidade. Contornando a cidade, foram ovacionados por milhares de pessoas paradas nas laterais na interestadual 40, sobre viadutos, abanando bandeiras das janelas dos prédios residenciais ou de negócios. Os estudantes das universidades, quase todas localizadas mais ao norte, só conseguiram se reunir para planejar alguma forma de protesto à carreata no início da noite.

O Centro Histórico e a periferia de Nashville estavam começando a ficar engarrafados quando Joan Buchmann iniciou o seu discurso na terça-feira, pouco depois das 18h, indicando aos participantes a rota para se juntarem ao cortejo liderado por JJ, no que foi obedecida por quase todos os presentes no antigo estádio

Sackler. Apenas um pequeno grupo de fazendeiros tomou a direção oposta, a Oeste, se dirigindo ao acampamento Ojibwa-Kwack. As trinta e nove pessoas que estavam lá, na sua maioria idosos e crianças, foram fuziladas e jogadas na casa de madeira, incendiada logo em seguida.

Dia 3

Vários milhares de carros e caminhões aguardavam, impacientes, a chegada da marcha em Knoxville. As largas avenidas e a excelente rede de estradas federais, estaduais e municipais facilitavam a circulação de um grande número de veículos. A interestadual passa ao norte da cidade, não longe do Centro Histórico. Espaços abertos e grandes estacionamentos das dezenas de shoppings, além de áreas de serviço, pátios de lojas e postos de gasolina, constituíam lugares estratégicos para o comboio fazer uma pausa e abastecer os veículos, e ainda serviam como ponto de alimentação e repouso após trinta horas vertiginosas.

Os saques e as depredações começaram durante a madrugada da quarta-feira. Os primeiros que chegaram escolheram os melhores espaços livres, já embicando os veículos em direção a Washington para quando fosse dada a ordem de prosseguir. Os seguintes foram parando nas laterais da estrada, sobre canteiros ajardinados e em áreas particulares, em frente a casas e edifícios. Os retardatários se dirigiram às vias públicas do Centro e do Norte da cidade, provocando obstruções, porém nada que não pudesse ser resolvido no dia seguinte com um pouco de paciência.

Não encontrando postos de gasolina e restaurantes abertos, os manifestantes começaram a arrombar qualquer lugar que aparentava conter combustível e, sobretudo, comida e bebida. Trocas de tiros entre seguranças privados e manifestantes foram ouvidas a noite toda e, ao raiar do dia, contavam-se algumas dezenas de mortos e centenas de feridos. A baderna continuou durante a manhã, agora estimulada por muito álcool e adrenalina produzida pelo efeito manada. Centros comerciais foram saqueados; bancos, financeiras, agências de seguro e prédios públicos tiveram suas fachadas quebradas e incendiadas. Quando a situação parecia se amainar, começaram a chegar novos manifestantes vindos de outras cidades, mais descansados, fortemente armados e igualmente dispostos a descarregar suas frustrações.

Algo semelhante estava acontecendo em várias cidades sem se desdobrar, à exceção da Flórida, em marchas rodoviárias em direção a Washington. Em cidades grandes e pequenas, repetia-se a explosão de cólera armada com motivações diversas estimuladas pelo clima deletério fomentado pelas movimentações. Um exemplo famoso, pelo fato de ter sido bem documentado graças às filmagens por várias CCTVs, foi o que ocorreu na entrada de um condomínio fechado na periferia mais luxuosa da região de Huston, Texas. Embora construído há mais de dois anos, Augustus Village permanecia semiocupado devido a disputas judiciais. No final da terça-feira, um grupo, precedido por uma jamanta de carga provida de largos para-choques, chegou ao portão de entrada quebrando as grades de proteção e as guaritas laterais. Na sequência, camionetes entraram transportando dezenas e dezenas de pessoas armadas, que ocuparam as casas vazias. A jamanta foi colocada atravessada, impedindo entradas sem permissão de novos ocupantes e até mesmo dos moradores já instalados. Ao lado das guaritas derrubadas, permaneceram pessoas armadas com fuzis automáticos. Antes mesmo de a força policial iniciar as conversações para desalojá-las, ocorreu uma fuzilaria, resultando em vários policiais mortos crivados de balas e em viaturas incendiadas. Advogados e paciência foram substituídos por violência extrema, e quando chegaram membros de uma milícia que estava treinando nas redondezas para dar apoio não se sabe para qual lado, tudo estava resolvido. Porém, esse foi um caso excepcional, motivado por ressentimentos relacionados à aquisição de habitações de luxo. Ele não se equipara aos outros acontecimentos.

Incidentes de outra natureza, e sobre os quais existem informações contraditórias e obscuras, ocorreram na periferia de algumas antigas cidades industriais. Várias quadras de fábricas e de galpões abandonados e, geralmente, ocupadas nas laterais de maneira irregular por uma população pobre, foram incendiadas durante a noite do terceiro dia. Um dos proprietários, Roger S., declarou ter sido mera coincidência. Segundo ele, não houve nenhuma relação entre os incêndios espontâneos que provocaram várias mortes e os incidentes que estavam acontecendo na região.

Dia 4

Entre os incontáveis casos ocorridos nestes dias, existem aqueles que não se esgotam em si mesmos, são, propriamente falando, arquetípicos, seguindo o mesmo padrão nacional. Entre eles, o que ocorreu em uma pequena cidade na área metropolitana de Nova York. O número de envolvidos e de mortos e feridos não foi expressivo, porém, o caso é paradigmático das manifestações de xenofobia e dos equívocos que motivaram a violência em outras cidades.

No início da noite do terceiro dia, moradores de um condomínio fechado de classe média situado ao sul da região metropolitana de Nova York se dirigiram a um quarteirão onde havia uma pequena concentração de indianos descendentes de imigrantes procedentes do Punjab e chegados aos Estados Unidos no começo do século XX. No final de uma rua tranquila, quase sem circulação de carros, havia algumas lojas de alimentação vegetariana e um modesto Gurudwara, templo da religião Sikh, com uma cúpula dourada. Após metralhar as vitrines das lojas e alguns pedestres, urrando palavras de ordem contra o Islam e os muçulmanos, a turba colocou fogo no templo gritando *"Nenhuma mesquita nos Estados Unidos"*.

Sem estarem diretamente associados à marcha, incidentes violentos se repetiram em pontos específicos de vários estados, principalmente no Meio Oeste e no Sudoeste. Em várias cidades, o fato de o levante não ser orientado para uma marcha rodoviária fez com que a violência funcionasse em circuito fechado. As reações armadas aumentaram o número de vítimas. No sul do Texas, quando um grupo entrou em um acampamento de trabalhadores sazonais mexicanos para massacrá-los, o proprietário das terras, querendo preservar aqueles que lhes eram úteis, ordenou aos seguranças das plantações que reagissem ao ataque, resultando no que foi conhecido como um dos "massacres inversos".

Características da síndrome do mal tais como o anti-igualitarismo, as intolerâncias, o ódio racial, os ressentimentos e o medo tóxico se manifestaram de maneira mortífera. A pulsão de morte revelou um dos seus sentidos, não o de autodestruição, mas o de morte do outro, do diferente, daqueles a quem os revoltosos designavam como ameaças precisando ser eliminadas. Armas foram tiradas dos porões, garagens ou depósitos, algumas ali escondidas para evitar as interdições impostas pelas Leis estaduais permitindo o confisco provisório de armas no caso de representarem risco para o proprietário e para outras pessoas. Finalmente, aqueles arsenais acumulados durante anos poderiam ser usados. Fuzis, revólveres, pistolas, metralhadoras e outros dispositivos letais mostraram sua utilidade funesta. Jogos de guerra online, simulações eletrônicas de combates e tiroteios assumiram uma natureza concreta e mortífera. Os primeiros tiros para o alto foram acompanhados por exclamações guturais e primitivas. Os primeiros disparos contra pessoas foram feitos com sangue nos olhos, com raiva incontida, extravasando ódio.

Os massacres ainda não tinham nome: *pogrom* designa atos de violência extrema contra um povo, grupo étnico ou religioso, não sendo agora o caso; *genocídio* é abrangente demais; *mass shooting* havia sido usado, anteriormente, para designar casos esparsos e, geograficamente, localizados. Por isso, o novo substantivo precisou de um complemento: extermínios seletivos. A expressão que prevaleceu é altamente equivocada, pois consagra os episódios de eliminação física de vítimas determinadas com um adjetivo dando ideia de depuração legítima.

Foram abatidos centenas e centenas de caucasianos, milhares de latino-americanos, asiáticos, mediterrâneos, árabes e outros, e, em alguns casos, europeus tomados como não brancos. Em outros, norte-americanos confundidos com estrangeiros por alguma característica arbitrária, por serem pobres, negros ou pela fatalidade de estarem no lugar errado e na hora errada. Imigrantes residindo há décadas nos Estados Unidos foram mortos pelos recém-chegados e vice-versa. Independente de gerações e origens, a violência não tinha mais limites, bastava dois grupos armados se confrontarem para começar as fuzilarias. O frenesi era incontrolável, e não tinha comparação com o que anteriormente era simulado nas escolas de tiro ou nos acampamentos das milícias em lugares isolados. Indivíduos e bandos estavam fazendo aquilo para o qual haviam se preparado e armado há bastante tempo. *Snipers* se posicionaram no alto de edifícios. As situações não eram mais competições esportivas de tiro ou simulações eletrônicas em cabines fechadas. Os alvos não eram mais figuras de papelão, mas sim indivíduos em carne e osso caminhando pela cidade, sendo abatidos pelo fato de serem gordos, pretos ou, simplesmente, por estarem sob a mira do fuzil de longo alcance com mira telescópica. Tais armas de fogo sofisticadas tinham custado uma fortuna e agora podiam ser usadas ao bel-prazer.

Dias 5, 6 e 7

Na Flórida, os "extermínios seletivos" se multiplicavam de forma acelerada. Por isso, a importância de mais uma marcha motorizada iniciada no quinto dia em Jacksonville, Flórida. De um dia para o outro, surgiram chefes conseguindo arregimentar milhares de pessoas e veículos de todo o estado para uma marcha em direção ao Norte, tentando concorrer com JJ ou superá-lo. Enquanto os componentes da primeira marcha estavam enredados no caos criado em Knoxville, com uma velocidade espantosa, milhares de pessoas de outros estados do Sul convergiam em direção a Jacksonville. Lá, se agruparam e partiram. Em apenas um dia, a segunda marcha ultrapassou Savannah, Georgia.

Até o quinto dia do começo das insurreições, as autoridades policiais estavam perdidas ou eram cúmplices. As mortes dos agentes no primeiro bloqueio arrasado pelos *trucks* da marcha Memphis-Washington e as de dezenas de policiais procurando conter manifestantes eram consideradas fatos isolados, não muito diferentes dos conflitos que ocorrem em abordagens de controle no trânsito ou nas ruas. As negociações entre JJ e autoridades municipais permitiram o avanço da marcha sob o argumento conciliatório da liberdade de ir e vir, para evitar conflitos maiores e, também, pela simpatia com o que estava acontecendo por parte de alguns prefeitos e chefes de polícia. A destruição do helicóptero da imprensa ainda não havia sido associada aos eventos. A preocupação maior estava sendo os engarrafamentos que infernizavam os negócios e a vida das pessoas. Os extermínios localizados ainda não haviam sido entendidos como ameaças à integridade nacional ou eram implicitamente aprovados.

O alarme soou no governo federal no meio da semana. Desde a quinta-feira, sem instruções precisas sobre o que fazer, quem defender ou atacar, as unidades de elite do Exército, embora contando com a proteção de tanques e de helicópteros de combate, ficaram detidas sob ordem de prontidão. Não se deslocando para pontos estratégicos, deixaram livre a principal via de acesso a Washington. Desconhecendo essa paralisia das tropas e não tendo contato com os líderes da marcha Jacksonville-Washington, JJ tomou uma decisão digna de um brilhante estrategista que se equivoca na véspera de uma possível vitória. Nunca ouvira falar de Aníbal Barca, o general cartaginês, que, em luta contra o Império Romano, após várias vitórias, se aproximou de Roma e, sem justificativas, desistiu de invadir a capital. JJ acabou fazendo a mesma coisa. Muito próximo do alvo que permanecia atordoado e desguarnecido, ordenou ao comboio partir de Knoxville alterando a rota para o Sudeste, em direção a Charlotte. A audácia ou a temeridade resolveram um problema imediato: sair do caos criado, porém, apontando para uma rota errática.

Sabedores da ordem de JJ, os líderes da outra marcha não titubearam. Ao invés de continuarem pelo caminho direto rumo a Washington, ordenaram um desvio para o Sudoeste. A suposição era que ambos os comboios motorizados se juntariam e, mutuamente reforçados e estimulados, se dirigiriam à Capital.

No meio do caminho ficava Charlotte, Carolina do Norte, a cidade com o nome mais monárquico e afrontoso aos republicanos insurgentes contra o domínio inglês no final do século XVIII. Os participantes e os líderes das duas marchas desconheciam essa contradição e, se soubessem, possivelmente não veriam nenhuma relação com os fatos atuais.

Equidistantes de Charlotte, as duas marchas criavam seus próprios problemas, engarrafamentos-monstros, saques de pequenos comércios, tiroteios mortíferos por todos os lados. Mesmo assim ou, talvez por isso mesmo, recebiam apoio crescente, adesões físicas e aclamações irrestritas nas redes sociais. Autoridades governamentais e militares, empresários com influência econômica e a grande mídia continuaram na mesma posição oportunística, esperando ver o que poderia resultar da conturbação.

Parte da população tinha a mesma atitude e, mesmo sem informações precisas sobre o que estava acontecendo, julgava que os tumultos teriam um efeito salutar: iriam reestabelecer princípios morais, reduzir a importância do Congresso e, sobretudo, anular vantagens para determinados grupos dadas sob o título de "direitos humanos". Nos primeiros momentos, o que estava latente emergiu de forma acelerada na esfera privada e individual: brigas de família, separações conjugais, surtos paranoicos, sendo precedidos por angústia e por ataques de pânico. Porém, rapidamente, como durante uma guerra, a turbulência favoreceu não a eclosão de loucuras e neuroses, mas o cometimento dos seus sintomas, convertidos em ação. Uma espécie de "heroísmo da morte" se materializou em agressões raivosas e selvageria. Por serem coletivos e armados, esses comportamentos ampliaram a tragédia.

Na "Marcha do Leste", como foi designada mais tarde, ocorreram alguns fatos insólitos. A liderança era dividida entre vários indivíduos com as mesmas ideias políticas, porém com grandes divergências a respeito de táticas e estratégias. Melhor dizendo, sem nenhuma noção de tática e estratégia. Depois da decisão tomada de forma unânime de se juntarem à marcha vinda do Oeste, os autoproclamados chefes escolheram rotas diversas para se dirigir a Charlotte, não necessariamente as mais práticas e racionais. Horas depois, DT, líder de um dos comboios menores, mudou de ideia e resolveu continuar rumo a Washington pela 95, sendo acompanhado por algumas centenas de jamantas e *trucks* e por milhares de camionetes e carros. Sábado à noite, depois de provocar acidentes menores, colocar fogo em agências bancárias e saquear pequenos shoppings à beira da estrada, a caravana, exausta, estacionou em um ponto qualquer da rodovia. Entre os participantes, havia um grupo belicoso com contas a acertar com um estabelecimento escolar situado ao lado da maior reserva ecológica da região. Com um nome pretensioso, a Academia Militar local é um colégio privado, caríssimo, que, além do curso regular, prepara a entrada nas verdadeiras academias militares das três forças. Um aprimorado esquema de "portas laterais" garante o ingresso de jovens abastados nas carreiras sonhadas pelos pais, bastando para isso que permaneçam como internos por alguns meses, seguindo uma rígida disciplina de caserna.

Na madrugada do sábado, parte da vanguarda da marcha foi até o campus e, apenas buzinando, conseguiu que o imponente portão da Academia lhes fosse aberto. As dezenas e dezenas de veículos estacionaram ao redor da praça central do colégio, cuja disposição segue o padrão habitual das universidades da Costa Leste, ou seja, circundada pelos prédios das salas de aula e pelos alojamentos de estudantes e professores.

Quase inaudível, a arenga do líder foi transmitida por um alto-falante. Em questão de minutos, professores e alunos, ainda vestidos com pijamas, saíram dos alojamentos com humores diversos, alguns aplaudindo os recém-chegados, outros protestando contra as pretensões inoportunas dos manifestantes. Em pouco tempo, tudo foi resolvido. Dezenas de estudantes internos se vestiram e passaram a integrar o comboio, o líder jogou uma bomba incendiária no gabinete do diretor do colégio que, aos primeiros estrondos, conseguiu se refugiar no quarto de pânico de um edifício administrativo. Consumada a vingança pessoal, a marcha pôde prosseguir.

Enquanto o primeiro rali continuava errático e enredado nas confusões criadas pelos milhares de veículos engajados desde o início e somados com outros tantos que foram se juntando ao longo do caminho, a Marcha do Leste avançou de maneira acelerada, ultrapassando Charlotte sem maiores incidentes.

No domingo de madrugada, os dois comboios se encontraram. Poucas horas depois, aconteceu a reunião histórica entre as lideranças, JJ, seus subchefes nomeados durante a semana, e os diversos líderes à testa da Marcha do Leste. O clima de entendimento dos comandantes das duas hordas não causou surpresa, porém inexplicável foi a decisão consensual de se dirigirem a Nova York, passando ao largo de Washington.

Na Capital, persistia o caos. Preventivamente, o presidente foi transferido para um abrigo secreto. Com seus jatos particulares, alguns milionários mais precavidos enviaram mulheres e crianças para fora do país. Catatônicos, desorientados e com ideias opostas, políticos e militares travaram ferozes disputas entre alas a favor das marchas, e outras querendo dissolvê-las imediatamente. Na madrugada de domingo, depois de uma noite de discussões incongruentes, a duras penas, as principais autoridades do país chegaram a um consenso com a criação de um Comitê de Crise, responsável pela elaboração de um plano de ação. Os insurgentes não seriam atacados, barreiras seriam colocadas em todas as vias dando acesso a Washington, e uma comissão de alto nível buscaria negociar o fim das marchas. O problema perdurava nas esferas policiais e militares, pois não havia consenso entre os membros do alto comando e dos escalões intermediários e, sobretudo, entre as tropas. Manobras ocorridas durante a semana registraram episódios de insubordinação de oficiais e de soldados. A situação não era muito diferente na esfera dos serviços secretos governamentais, e agentes infiltrados para obter informações sobre o desenrolar dos acontecimentos acabaram aderindo ao movimento. Uma personalidade midiática ganhou destaque nas redes sociais exortando as forças armadas a não matarem os "patriotas do Século 21". Por sua própria conta, o influenciador reeditou a convocação dos *Minutemen*, no que foi atendido por indivíduos cujas ações isoladas complicaram ainda mais o quadro.

Apesar de tudo isso, o Comitê de Crise conseguiu garantias de que as três forças ampliassem o estado de alerta e, tentando afastar os problemas da Capital, elegeu Richmond, Virgínia, como a barreira mais importante. Parcialmente desfalcadas, unidades de combate começaram a se posicionar em todas as rotas circundando as duas cidades, pois as informações disponíveis indicavam que, apesar de erráticas, as marchas unidas avançavam naquela direção.

Como da primeira vez, JJ, agora apoiado pelos demais líderes, concebeu outra manobra inusitada. Enquanto perplexas e desorientadas tropas militares federais formavam círculos de proteção em torno da Capital e de Richmond, o imenso comboio, já próximo de Winchester, recebeu ordens de voltar a Harrisonburg, criando um caos sem precedentes levando a escaramuças mortíferas. Cento e oitenta anos depois, no Vale do Shenandoah, repetiam-se conflagrações violentas e fratricidas.

Avançando ou recuando sem contenção por todas as estradas, o cortejo aumentou de tamanho agregando adeptos, homens e mulheres extravasando energia em cima de camionetes 4x4 com os tanques cheios e as carrocerias lotadas de armas e munições. Muitas armas e munições.

A testa do pelotão motorizado estava no meio do trajeto Winchester-Harrisonburg quando um incidente mudou o curso dos acontecimentos. S.W.H. Jr., dezoito anos, na carroceria aberta de um dos veículos recém-reunidos ao cortejo, com uma bazuca feita por impressora 3D e com munição comprada pela internet, disparou em direção a um dos helicópteros da Força Aérea que seguiam o cortejo de longe, abatendo-o. Os outros helicópteros revidaram e, daí por diante, o morticínio tomou outras proporções.

Os dias de ira foram uma tragédia humana e um desastre social sem precedentes: 47.355 mortos, milhares e milhares de feridos, muitos deles aleijados, física e mentalmente, para o resto da vida. *Tenebris diebus* foi a consumação funesta da síndrome do mal. A posse individual de armas, de uma grande quantidade de armas, e a ânsia por usá-las tornaram a catástrofe possível e repetível, repetível em larga escala e em casos pontuais.

> Nossa equipe é composta por vários jovens que perderam familiares e/ou amigos no *Las Vegas shooting*, Paradise, Nevada, em 2017, e no *Park Land high school shotting*, Miami, Flórida, em 2018. Com relação aos acontecimentos recentes, reafirmamos nossa oposição ao termo "extermínios seletivos". Quando completado com mais informações e dados, este relato estará disponibilizado no nosso site e blog.

Parte IV – *Sileo diebus*
Dias de reinício

Um mês depois

– *Morreu... ele queria matar e morreu sem entender nada.*

– *George era um imbecil.*

– *Doc também morreu, ele não era um imbecil.*

– *Nós dois estamos vivos e não sabemos quase nada.*

– *Vamos esperar a Alex. Ela sabe de tudo.*

Rick estava em frente à porta da sala reservada no fundo do bar, destroçada e sem energia elétrica. Ele e Rod não se deram ao trabalho de olhar para o recém-chegado, menos ainda cumprimentá-lo. Como de hábito, já com o celular na mão, Winston sentou-se no banco de madeira ao lado da janela, olhando para os dois de maneira impassível.

– *Ô, cabeça oca, diz alguma coisa.*

Para Winston, aquela ocasião era prazerosa ao extremo. Não precisava atender nenhuma ordem. Os deboches e os sarcasmos não o atingiam mais. Fingiu acionar e desligar o celular e, mesmo que ele funcionasse, não precisaria enviar as falas autorizadas para o finado tio Doc. Por puro acaso, encontrara os dois tiozinhos na sala de pôquer, no exato momento em que viera pegar o anel que deixara cair, um mês antes, o anelzinho para a Cinzi, linda Cinzi. Naquele momento, a falsa loira que nunca havia olhado para ele e que proibira o uso de palavrões entrou na sala.

– *Winston, querido, por gentileza, você pode sair? Preciso falar com os meus companheiros.*

Olhando Winston se afastar, Rod roía as unhas e Rick massageava o estômago tentando aliviar a gastrite. Depois de várias tentativas, haviam conseguido se comunicar com Alexandra.

– *Precisamos aprender com os erros, e, para não deixar pistas, vamos ter que corrigir as asneiras feitas até agora. Rod, você não precisava ter mandado incendiar tanta coisa ao mesmo tempo. Espera até as coisas se acalmarem. Rick, esconde seus caminhões por um tempo, eles não serviram para nada. Se a coisa apertar, entrega alguns dos seus motoristas. Vocês são uns incompetentes, a começar pelo George, que morreu por ser afobado. Se ele tivesse permanecido no campo de treinamento do Alabama, ainda estaria vivo. O único esperto foi o Divino Pastor. Desde o primeiro dia foi se esconder numa igreja e deve estar lá orando até hoje.*

– Alexandra, concordo, mas e o Doc, o que aconteceu com ele?

– O Doc, pois é... Pois é... Foda! Ele poderia orientar as coisas do nosso lado, tinha os contatos importantes, estava articulado com os líderes Um, Dois e Traste, com os chefes A, B e Caralho. Quando aqueles descontrolados começaram essas putarias de carreatas – ainda bem que não tenho nada a ver com elas –, o Doc tentou falar com aquela besta do JJ com ordens diretas do Comandante para que esperassem. Tudo estava programado para setembro, tudo estava bem programado para setembro, e esses asnos começaram as marchas – ainda bem que não tenho nada a ver com elas. Oh meu Deus! oh meu Deus... O Doc nem chegou perto do comando, levou dois tiros disparados por um fodido sem um dente na frente. O palavreado diplomático do Doc foi entendido como lábia de um espião ou de um policial infiltrado. Logo o Doc, com aquela cara de bunda e sempre de termo e gravata.

– Alex, Alex... Fica calma, vai dar certo, nós vamos escapar.

– Rick, seu jumento. Claro que vai dar certo, só não precisava de tanto desgaste. Meu marido continua em Washington e, espertamente, se bandeou de lado. Ele me disse que o exército e a polícia estão começando a controlar a putaria. Não haverá punições e os revoltosos poderão guardar suas armas. Os escrotos dos líderes das marchas são uns lixos e estão brigando entre si. O JJ e os seus comparsas são umas cavalgaduras motorizadas. Estão tirando o corpo fora alegando que foram mal compreendidos. Quando vamos conseguir achar alguém com culhão para reestabelecer a hierarquia e impor os verdadeiros valores morais? Tanto tempo perdido.

Sequência previsível dos acontecimentos: o Congresso fará uma Comissão de Investigação que não vai dar em nada. A polícia prenderá alguns alucinados sem importância; farão dois ou três documentários, várias séries para TV e uns filmes ruins. Depois de alguns meses, ninguém vai lembrar o que aconteceu. Rod, seu merda de merda, você tem os títulos de propriedade dos imóveis agora "saneados". Rick, idiota, as seguradoras indenizarão seus caminhões destruídos.

Eu estarei mais rica, e com o oportunista de meu marido, vou jantar com o presidente e fazer outras bostas equivalentes. Tenho que me preservar.

Macro – Micro

Cinzi, olhos grandes, cabelo preto retinto e encaracolado, linda Cinzi, olhou apaixonada para aquele branquelo, magro e sem jeito. Quando Winston tomou sua mão para colocar o anelzinho no dedo, uma rajada de AR-15 disparada por outro adolescente interrompeu a história.

esta obra foi composta
em Philosopher 11/14
pela Editora Zouk e impressa
em papel Pólen Natural 80g/m²
pela Gráfica Odisséia
em julho de 2024